# EPITRE
# NEWTONIENŃE

Sur le genre de Philofophie
propre à rendre heureux

M. DCC. XXXIX.

# EPITRE

## *A MADAME* * * *.

Roirez-vous, aimable Uranie,
Que dans la tranquille Saison,
Où l'Illusion est bannie
Par le régne de la Raison,
Mon ame, comme rajeunie,
S'ouvre encor à l'impression
De cette agréable manie,
Dont la tendre séduction
Me fit préférer l'harmonie
De Tibulle, & d'Anacréon,
A la profondeur du génie
De l'Hôpital, & de Newton :
D'une telle métamorphose,
Uranie, apprenez la cause,
Et connoissez mon Apollon.
Au penchant d'un Côteau, d'où l'œil au loin s'égare,
Il est un séjour enchanté ;
L'Art n'en forme point la beauté,
La Nature seule le pare
D'une aimable varieté ;

A

Sous un toit à demi-ruſtique
Une élégante propreté ,
Par ſa noble ſimplicité ,
Fait honte au luxe Aſiatique ;
La Seine au pied des murs de ce riant ſéjour ,
Apporte en tribut chaque jour ,
Sur le ſein d'une onde tranquille ,
Les riches dépouilles des champs ,
Que d'une Province fertile
Attire ſans ceſſe à la ville
Le faſte de ſes habitans.
Dans ce réduit philoſophique ,
Loin du trouble & des embarras ,
Plus diſtrait que mélancolique ,
Je portois au hazard mes pas ;
Je ne ſais quelle fantaiſie
Egaroit mon entendement ,
Mais mon Ame inſenſiblement
De tant de merveilles ſaiſie ,
Se tourna vers la Poëſie ,
Et je me ſurpris en rimant.
C'eſt à vous que de mes penſées,
En cette Epître retracées ,
Je veux conſacrer les fragmens ;
Du beau feu de votre génie
Animez-les , ſage Uranie,
Et prêtez-leur vos agrémens.
Déja la nuit s'avançoit dans ſa courſe ,
La terre par ſon mouvement
Avoit ramené la grande Ourſe

Vers le milieu du Firmament :
L'air fans nuages & fans voiles,
Par cent & cent réfractions,
Des corps lumineux des Etoiles
Détournoit vers moi les rayons ;
Les Planettes dans leur carriere
Me réfléchiffoient la lumiere
Du Soleil, qui fous l'Horifon
Eclairoit notre autre Hémifphére.
A ce fpectacle, ma raifon,
D'un vol rapide & téméraire,
Jufqu'à ces globes radieux
Porta mon efprit & mes yeux.
Quoi, penfois-je, dans leurs orbites
Ces Corps immenfes entraînés,
N'en paffent jamais les limites
En des ellipfes enchaînés ;
Et dans leur courfe continue
Le progrès de leur mouvement
Sans ceffe augmente ou diminue,
En raifon de l'éloignement.
Sur ces faits que des Cieux l'ordre immuable annonce,
J'interroge Newton, & telle eft fa réponfe :
« Sur un centre donné que tout pefe à la fois,
» D'une attraction mutuelle
» Que tout corps éprouve les loix,
» Voilà la caufe univerfelle ;
» Nul mobile dans l'Univers
» N'échape à ces loix générales,
» Du combat des forces centrales

>> Naissent les mouvemens divers.
Content d'une leçon si claire,
Mon esprit goûtoit la douceur
De comprendre enfin ce mystere
Des ouvrages du Créateur ;
Mais bientôt un nouveau problême
Vint troubler mes sens étonnés :
A quoi, me disois-je à moi-même,
Ces Globes sont-ils destinés ?
Quel but dans leur course rapide
Peut avoir l'Etre qui les guide ?
Il n'en faut point douter, cet œuvre de ses mains
N'eut d'autre objet que les humains.
Le Soleil n'éclaire le monde,
Que pour mesurer par son cours
Le cercle des ans & des jours,
Et rendre la terre féconde.
La Lune offre à nos yeux son éclat emprunté,
Pour dissiper des nuits la triste obscurité ;
Ses Phases réglent nos Marées,
Par un principe encor à nos regards caché,
Sur l'Etoile du Nord le Pilote attaché,
S'ouvre au travers des Mers des routes assûrées :
Aux Satellites découverts,
Des Longitudes désirées,
Par leurs éclipses mesurées,
Nous devons les progrès divers.
De cette fastueuse image
Mon amour propre enorgueilli,
Peignoit à mon œil ébloui

L'Univers comme un appanage ,
Que l'homme reçut en partage ,
Et que le Ciel créa pour lui.
Fier de ma nouvelle puiſſance ;
Au-delà de Saturne en eſprit entraîné ,
Par l'eſſor de l'intelligence
Je franchiſſois le vague immenſe
De l'eſpace indéterminé.
Tout à coup , ô ſcéne imprévûe !
Je perdis la terre de vûe ;
Le Soleil inſenſiblement
Dépouilloit ſa grandeur premiere ;
Et déja dans l'éloignement
N'étoit plus qu'un point de lumiére ,
Qu'en avançant dans ma carriére
Je vis s'éteindre entiérement.
Frappé du ſpectacle effrayant
D'une ſphére entiére abîmée
Sous les voûtes du Firmament ,
Je crus dans mon ame allarmée
Toucher à ce fatal inſtant ,
Où la matiere inanimée
Doit retomber dans le néant.
Mais vaine illuſion, toujours plus admirable
Dans ſon ordre & dans ſa grandeur ,
L'Univers, comme inaltérable ,
Ne perdit rien de ſa ſplendeur.
« Vile & ſuperbe Créature ,
» Ouvre les yeux , & connois ton erreur ,
Sembla me dire alors l'Auteur de la Nature ,

A iiij

En parlant au fond de mon cœur;
» Vois ces soleils sans nombre au foyer de leurs mondes,
» Mobiles sur leur axe , & traînant après eux,
 » De leurs planettes vagabondes
 » Le cortége majestueux ;
 » A cette grandeur sans limite
» Compare, si tu peux, le globe où l'homme habite ;
 » Sous ce rapport humiliant
 » Ce n'est qu'un Atôme insensible ,
 » Dont l'étendue imperceptible
 » Différe à peine du néant ;
» Et tu crois que mes mains prodigues en miracles ,
» Aux yeux seuls des humains déployant mes trésors,
» Pour décorer leurs nuits du plus grand des spectacles,
» De tant d'Astres divers animent les ressorts ;
» Tu crois que mon pouvoir qui féconda l'argile ,
» Dont ton globe vit naître & l'homme & le reptile,
 » Dans le reste de l'Univers
» N'a prétendu créer que d'immenses déserts !
 » De créatures animées ,
 » Sur d'autres modéles formées ,
» J'ai tout peuplé , tout vit , pour punir ton orgueil ,
 » Que leurs rangs & leurs destinées
 » Soient de tes lumieres bornées
 » Et le désespoir , & l'écueil.
 Il dit , à sa voix foudroyante
 Du haut des Cieux précipité,
Tel que l'éclair qui fend la nue étincelante,
Dont un instant voit naître & mourir la clarté,
Tel, & plus vite encor je me vis rapporté

Dans cette retraite charmante ,
Qu'après ma difgrace accablante
Mon œil encor épouvanté ,
Trouva pour lors bien différente.
Mais de ce noir faififfement
Ecartant bientôt le nuage ,
Sur ce profond abaiffement
J'ofai pofer avec courage
De la félicité du Sage
L'inébranlable fondement.
Quoi ! fur ce vil amas de boue ,
Où du fort des foibles mortels
La Fortune à fon gré fe joue ,
Mon cœur à fon pouvoir élevant des autels ,
Pour parvenir au fommet de fa roue ,
Formeroit des vœux criminels !
Infectes rampans que nous fommes ,
Eft-il pour nous quelque grandeur ?        [ mes
Les plus nobles objets des vœux des plus grands hom-
Méritent-ils de toucher notre cœur ?
De la paffion qui l'anime ,
Que l'ambitieux dévoré ,
Du rang dont il eft enyvré
Soit la malheureufe victime :
Que fous le faix du travail abbatu ,
Ignorant les douceurs d'un bonheur véritable ,
Il préfere l'éclat d'un pouvoir qui l'accable
Au folide repos que donne la vertu.
Qu'un riche faftueux nageant dans l'abondance ,
Dont le démon de l'or comble fes favoris ,

Méprife titres & naiffance,
Et par l'éclat de la dépenfe
Juge de tout, & mette à tout le prix ;
Tandis qu'au fein de l'indigence
Le pauvre lui rend fes mépris
Au centuple de l'opulence
Dont fon lâche cœur eft épris.
Que le Magiftrat fe condamne
A débrouiller avec ennui
Les pénibles détours de la noire Chicane,
Et fous des facs enféveli,
Prêtant à Thémis fon organe,
Qu'il travaille fans ceffe, & meure dans l'oubli.
Que fe nourriffant de fumée,
Poëtes, Sçavans, & Guerriers,
Perdent leurs plus beaux ans à cueillir les lauriers
D'une équivoque renommée,
Et qu'au frivole efpoir d'un brillant avenir,
Ils confacrent des jours deftinés à jouir.
Je plains l'erreur qui les égare ;
Vers le bonheur en vain ils dirigent leurs pas,
Ils placent ce bonheur fi rare
Dans de faux biens dont il ne dépend pas.   [me,
Heureux feul, ou plutôt moins malheureux eft l'hom-
Qui de ces objets qu'on renomme
Connoiffant l'éclat paffager,
Sur la terre vit étranger ;
Dans l'obfcurité volontaire,
Dont il a fçû s'enveloper,
Il trouve un rempart falutaire,

Où le fort ne peut le fraper ;
Des honneurs, dont l'orgueil croit qu'on s'immortalife,
Nul défir ne le tyrannife,
Il dédaigne d'y parvenir,
Plus grand de poffeder un cœur qui les méprife,
Que d'avoir fçû les obtenir.
Vraiment libre, à lui feul comptable,
Par fa retraite foulagé
Des devoirs dont le monde accable,
Il a de tout vain préjugé
Secoué le joug méprifable,
Et de fes liens dégagé,
Eft rentré dans les droits de l'Etre raifonnable.
D'une étude à fon choix amufant fon loifir,
Il ne charge point fa mémoire
D'un fatras impofant pénible à retenir,
Et du nom de Sçavant eftimant peu la gloire,
N'a pour but qu'un noble plaifir.
Loin qu'un luxe élégant s'applique
A multiplier fes befoins,
Il fçait au néceffaire unique
Borner fes talens & fes foins.
Dans fa pauvreté vraiment riche,
Il moiffonne en toute faifon
Sur un champ que laiffoit en friche
L'égarement de fa raifon.
Par la douceur inaltérable
D'une amitié tendre & durable,
S'il fe voit encor délivré
De la rudeffe inféparable

De l'homme à lui-même livré ;
Eft-il un fort plus défirable ?
Quelle fource de volupté
N'eft-ce pas pour nous , Uranie ,
Quand notre Ame , à quelqu'autre unie,
S'épanchant avec liberté ,
A la défiance bannie
Voit fuccéder la fûreté ,
Et ne fait avec l'Ame amie
Qu'une même fociefé
Des biens & des maux de la vie.
Le Philofophe , dont le cœur
Connoît ces vrais biens , & s'y livre ,
Ne voit plus troubler fon bonheur
Que par la crainte d'y furvivre.
Dois-je adopter les favorables loix
De cet agréable fyftême ,
Le Sage peut-il à fon choix
Ne s'occuper que de lui-même ?
Après avoir long-tems lutté contre le fort ,
M'eft-il permis de me choifir un Port ?
Vers la folitude où j'afpire ,
Le charme du repos m'attire ,
Uranie impofez la loi :
Il n'eft point de confeils que je préfere aux vôtres ;
Faut-il vivre encor pour les autres
Ou ne plus vivre que pour moi ?

## F I N.